我愿埋首人间

张二棍的诗

张二棍 著

湖南文艺出版社
·长沙·

只 为 优 质 阅 读

好
读
Goodreads

目录

辑一

我住在这人间的哪里
也不过是一场客居

黄土高原风成说	3
故园异乡人	5
人间手札	7
在乡下,神是朴素的	8
村小	9
喊	13
荒村冬日	15
胎教	17
为母占卜	19
安叶	20
造化	22
黑夜了,我们还坐在铁路桥下	24
穷途	26

辑二

我渴望置身在
一个鱼鸟问答的世界里

蚁	31
旷野	32
听,羊群咀嚼的声音	34
舔舐	35
植物世界	36
杏河路上的泥鳅	37
麻雀是离我们最近的鸟	39
头羊的口信	41
养狐记	43
莫测	44
暮色中的事物	45
麦田	46
山村里的神树	48
暮色空	49

辑三

脚印里,落满了迷路的星辰

盛典	53
大风吹	54
察尔汗盐湖	55
弥漫着	57
临终关怀	58
黧面	60
圣物	62
入林记	63
无题	65
空地	66
无定所	68
独行记	70
小径	71
东岭避雨记	73

辑四

我这个异乡人,在如织的游人间
走走停停,怅然若失

假人儿	77
床前无明月	79
豪气尽	80
夜游滕王阁	82
古沙场墓群	84
酒局上的招魂	85
楚汉	87
沙场秋点病	88
秋夜离别	90
无题	92
渡口边的酒坊	94
酿酒者说	95
无题	101

辑五

我用一生，在梦里造船

手可摘星辰	105
脑和心	107
茫然书	108
归	109
入梦来	110
漫游者	112
聋	114
我用一生，在梦里造船	116
僻壤	117
一个人太少了	119
弃婴	120
对一支喇叭的赞美	122
婴儿之哭	123

辑六

因为苍天在上
我愿埋首人间

六言	127
与己书	128
我已经和这个世界格格不入了	129
身是客	130
隔墙有耳	131
谢绝	132
愚见	133
独坐书	135
送别	137
与己成仇	138
变形记	139
水牢	141
惊蛰	143

辑七

种下高粱，酿新酒
种出桑麻，做新衣

穿墙术	147
石匠	149
吹糖人	150
戏	152
等石子儿	153
皮影戏	154
农夫颂	155
我的侏儒兄弟	157
轮回	159
赶喜人	160
哭丧人说	162
疯子	164
林子大了，什么鸟都有	165
无题	166

辑八

我渴望让沉重的自己,走出一片片羽毛

一辆卡车奔跑在永夜里	169
深夜街衢	171
旧货市场	172
泡沫颂	173
雾中吟	174
善消息	179
边境线	180
逃离	182
一字	184
读后感	186
我不能反对的比喻	187
手术台	188
无题	190

辑九

我漫不经心就荒老了

自我介绍	193
荒老志	194
晒太阳	195
老大娘	197
局外人	198
铁皮房	200
秋天了	202
田野上的歌手	204
苔藓	205
沙尘暴	207
重生记	208
短讯	210
匿名	212

辑十

孤树消失了，羊群消失了

远望	217
暮色	218
好梦旅馆	219
悬河	221
夜望嵩山	223
暮晚读泰山	224
庙宇外	226
忆山中一夜	228
海边	230
鸟鸣记	231
黄昏见	233
昆仑诀	235
租房记	237

辑十一

我热衷用蓝墨水
画出一颗蔚蓝的心

卖身契	241
失眠	243
遗传	244
殆尽	246
新生	249
归	251
红与黑	252
默	253
雪人	255
恩光	256
雾中	258
断路	259
探望	260
撤退令	261

辑十二

落日真谦逊啊,
它从不对你我的人间挑三拣四

有间小屋	265
太阳落山了	267
欢喜心	268
湖水记	269
一生中的一个夜晚	270
愧	272
易容术	273
无题	275
守株者	276
城池	278
坊间谈	280
静夜思	281
不一定	283
一个人的阅兵式	285

辑一

我住在这人间的哪里

也不过是一场客居

黄土高原风成说

那么说,我的故乡

是一场接一场的大风

刮来的。那么说

是铺天盖地的大风

带着一粒粒沙子、黄土

燕子衔泥般,堆砌成

山西,代县,段景村

那么说,在某一场无名的大风中

先人们,拖儿带女跋涉着

他们手拉着手,一脸汗渍,和泥土

像是大风创世的一部分

这么说,他们最后埋在土里

也等同于消逝在风中

这么说，我是风

留在这里的孩子

——我住在这人间的哪里

也不过是一场客居

故园异乡人

绝非黄金铸成,也不可能雕梁画栋
我的家园,是一片不起眼的篱笆
围拢着的庭院。——太小
太偏僻,也太过古旧。请不要
给我的堂屋里,铺陈斑斓的虎皮
也不要在我的墙角,燃什么
香薰,插什么梅花。我在
这鸡犬相闻的一方僻壤上,饮烈酒
啖粗茶,狂言生死
我拜豺狼为师,苦研口啸之技
与草木结发,生出一堆露水的仙女
我发誓要活成,一个不知礼仪的野人

把人间那些笑掉大牙的蠢事，再三尝试

——我常常水中捞月，双手颤抖

像搭救，溺水的新娘

——我常常坐井观天，热泪盈眶

如久候，汲水的故人

人间手札

我依稀记得,我的前世为猪、为狗

为洪水中,窒息的鱼鳖

为泥泞里,一匹被鞭打的老马

我依稀记得,一代代轮回着

我献出过牛黄、麝香、鹿茸、阿胶……

我已百无一用,所以今生

为人。仿佛这是

我获得了,额外的

提拔,和重用

在乡下，神是朴素的

在我的乡下，神仙们坐在穷人的
堂屋里，接受了粗茶淡饭。有年冬天
他们围在清冷的香案上，分食着几瓣烤红薯
而我小脚的祖母，不管他们是否乐意
就端来一盆清水，擦洗每一张瓷质的脸
然后，又为我揩净乌黑的唇角
——呃，他们像是一群比我更小
更木讷的孩子，不懂得喊甜
也不懂喊冷。在乡下
神，如此朴素

村小

1

我来迟了,满怀愧疚坐下来

——尘埃四起的教室,摇摇欲坠的课桌

我是这无垠时空中,懵懂的小学生

听腊月西风,这位无色无相的

大先生,携带着宇宙深处的教诲

从无垠中赶来,为我传授

一堂,凛冽的自然课

2

我捡起,遗落墙角的一粒

粉笔,在斑驳的黑板上

写着，画着。于这刺骨的

寒风中，画出怒放于另一座

大陆的奇花。于这无人的僻壤上

写下，一枚枚震古烁今的名字

——我要独自赓续，那业已中断的教育

我要躬身肃立，教化那个冥顽的自己

3

一面墙，和半个屋顶

都塌了。麻雀们无忧穿行，自在嬉闹

偶尔，在梁柱间小憩，滴溜溜

转动着小脑袋，仿佛一群

三心二意的旁听生,被留在这里

自习。它们叽叽喳喳,翻来覆去

仿佛争辩着,一个永远

回答不上来的问题

4

窗外枝丫上,挂着一截

空荡荡的绳子。我猜测,那是

上课铃声响起的地方

若他日再来,我要为它系上

一个永不生锈的铃铛

若是我再摇一摇,会不会

有一个羞赧的顽童

从千山万水之外,匆匆赶来

若是他已满头大汗,我会俯身

用衣袖擦去,如当年

那个衣衫泛白的山村老师,一样

喊

站在高坡上,随便喊一喊

沟壑里,就会诞生一座村庄

凭空出现一座座老窑

随便对着哪座窑洞,再闷雷般

喊一声,就有一个红脸蛋的女人

走出来,给你递过一碗水。不能再喊了

再喊,就有婴儿降临

再喊,这婴儿就应声长人

扛着铁锹出门了。他把一面坡

种绿了,才肯回来

他把一把锹,磨秃了

才肯佝偻着腰,披着星光

回来。他对着哪个窑洞

呼唤着,哪座窑洞里

就会惊醒一个

咳嗽的女人,把灯

亮起来

荒村冬日

庭院里,屋檐上

一株株荒草极尽谄媚

点头招呼着,我这不速之客

门楣已朽,窗棂尽毁

一张失色的年画,斜挂在

狼藉的堂屋里。画中,金鱼肥美

婴儿甜蜜,一粒斗大的"福"字

依然散发着,淡淡金光。仿佛

就是这一道金光,苦苦支撑住了

欲坠的房子,等着我来此,喟叹一番

也许,我转身之后,它会用

猛然地坍塌,来告慰自己:

砖瓦虽无心，却也渴望

从一个过客的泪目，与唏嘘里

获得，无憾与尊严

胎教

我确信自己,没有受过一丁点
胎教。母亲太忙了
怀胎十月,依然要下田、担水
做饭、喂猪……永恒的劳作
让她无暇,对腹中人嘱托什么
期待什么。更没有空闲,为我讲述
一个闪光的童话,一则深刻的寓言
在她汗流浃背的劳累中,我默默
幻化为人形。深知那缺失的胎教
已无法弥补,但我终生
都在一遍遍虚构着母亲,对一团
未知血肉,耐心的劝谕与抚慰

于是在灯火茫茫中

我充当起善良的慈母

于是在风尘仆仆里,我成为自己

渺小的子嗣

为母占卜

刚刚,我又在算卦的摊儿上

坐了一会儿。老来多福,且长寿……

母亲啊,算命的先生永不会知道

我是携带着一个亡者的生辰

来此。我愿意一次次

在人来人往的街边,点着头

把这些好听的话

既当成迟来的祝福

也当作永生的慰藉

安详

比如,"安详"

也可以用来形容

屋檐下,那两只

形影不离的麻雀

比如,"安详"

也可以用来形容

暮色中,矮檐下

两个老人弯下腰身

在他们,早年备好的一双

棺木上,又刷了一遍漆

老两口子一边刷漆

一边说笑。棺木被涂抹上

迷人的油彩。去年

或者前年，他们就刷过

那时候，他们也很安详

但棺材的颜色，显然

没有现在这么深

——呃，安详的色彩

也是一层、一层

加深的

造化

造化弄人,才生就了

这一副寒碜又凄凉的模样

我面孔黧黑,仿佛经受了无数场

风吹雨淋。我背影佝偻,仿佛遭遇过

无数个朝代的鞭挞,和压榨

看我的尊容吧,时而卑怯,如充军的

罪臣。时而恓惶[1],如马戏团落魄的

小丑。看我这一身衣衫,满脸风尘

孤零零一个人,就云集了诸多

你避之不及的穷亲戚、苦兄弟

---

[1] 方言,有穷困潦倒、可怜兮兮的意思,还有穷、搓等意思。——编者

我这枯槁的样子里，一定还

深藏着，无数人的影子：

我是我们逃荒落难的先人

无法给后人，留一方家园

我是我们失魂落魄的后辈

不能给祖先，立半间祠堂

黑夜了,我们还坐在铁路桥下

幸好桥上的那些星星

我真的摘不下来

幸好你也不舍得,我爬那么高

去冒险。我们坐在地上

你一边抛着小石头

一边抛着奇怪的问题

你六岁了,怕黑,怕远方

怕火车大声的轰鸣

怕我又一个人坐着火车

去了远方。你靠得我

那么近,让我觉得

你就是,我分出来的一小块儿

最骄傲的一小块儿

别人肯定不知道,你模仿着火车

鸣笛的时候,我内心已锃亮

而辽远。我已为你,铺好铁轨

我将用一生,等你通过

穷途

和邻居的老太太,隔着墙壁

一起生活。往往是她的电视机

响起,我正在翻看一本黑白

人像摄影。她炒菜的时候

我已醉醺醺躺下。今天又听见

这个独居的老人,断断续续哭着

诉说着。我听见了

一些不该听见的。那也许

是她一生的隐痛

现在,一个行将就木的人

在隔壁,一层层剥着自己的伤口

我为我的听见,而愧疚

她仿佛在说我，仿佛我就是

她口中，那个不肖而早逝的儿子

我隔着墙壁，与她相依为命

我一声声听见了，自己的

不堪，和活该

却无法冲过去

道一句歉，磕一个头

辑二

我渴望置身在
一个鱼鸟问答的世界里

蚁

一定是蚂蚁最早发现了春天

我的儿子,一定是最早发现蚂蚁的那个人

一岁的他,还不能喊出,

一只行走在尘埃里的

卑微的名字

却敢于用单纯的惊喜

大声命名

——咦

旷野

五月的旷野。草木绿到

无所顾忌。飞鸟们在虚无处

放纵着翅膀。而我

一个怀揣口琴的异乡人

背着身。立在野花迷乱的山坳

暗暗地捂住,那一排焦急的琴孔

哦,一群告密者的嘴巴

我害怕。一丝丝风

漏过环扣的指间

我害怕,风随意触动某个音符

都会惊起一只灰兔的耳朵

我甚至害怕,当它无助地回过头来

却发现,我也有一双

红红的,值得怜悯的眼睛

是啊。假如它脱口喊出我的小名

我愿意,是它在荒凉中出没的

相拥而泣的亲人

听,羊群咀嚼的声音

没有比这更缓慢的时光了

它们青黄不接的一生

在山羊的唇齿间

第一次,有了咔咔的声音

草啊,那些尚在生长的草

听,你们一寸寸爬高

又一寸寸断裂

舔舐

太阳静静地吸附在透明的天空上

仿佛一只辉煌的壁虎。光芒

正是它无限的舌头

舔舐着善,也舔舐着恶

有人说,我们是一点点被舔光的

有人说,它一下子,就会卷走你我

我什么都信,点了点头,又点了点头

植物世界

有的掠食者从天而降,也有的

自浑浊水面,缓缓浮出

有闪电般的追捕,也有屏声静气的

潜伏。——而我,什么都没有

我活在食物链的底端,隐藏起

自己的怯懦和多疑

一次次,把双眼蒙住

期待着,在睁开的刹那

就可以置身于,一个植物世界里

捕食者们褪去了獠牙

利爪、毒液,渐渐生出

根须、花蕾、嫩叶……满眼望去

每一个生命,都挂满露珠,散发着迷人的清香

杏河路上的泥鳅

早已失踪多年的河流

徒留下，这个无辜的名字

被一条众声喧哗的马路，借用着

走在杏河路上，我常常慢下来

假想自己是闲鸥和野鹭。我甚至

还设想，身后蒹葭苍苍，眼前

水波潋滟。我渴望置身在

一个鱼鸟问答的世界里

而那条确曾存在过的河

永无止息，流淌在我脚下

这渴望诱惑着我，一次次披挂上

被谁剥掉，又重新长出的

鳞片，鱼鳃，尾鳍……

游弋在杏河路上

为了躲开往来人群，我又无数次

扭动着身体，仿佛一条

苦不堪言的泥鳅，挣扎在

干涸良久的河床上

麻雀是离我们最近的鸟

麻雀,这烟火红尘中

离我们最近的鸟。飞起来

没有蝴蝶曼妙,也不像雄鹰那样

迅疾。它们是鸟中的现实主义者

从不向天空深处张望,永远

低着灰蒙蒙的头,用一双近乎

没有的小眼睛,从枯草、烂泥、瓦砾中

寻觅着口粮。闲暇的时候,就蹲在电线上

屋檐边、乱枝丛里。一个个

七嘴八舌,瑟瑟发抖,却不懂得

藏起,冻得通红的爪子,宛如一群

等活计的零工，宁愿伫在风中

一遍遍跺着，越来越冰凉的脚

也生怕错过一粒口粮

头羊的口信

芦苇们在风中,一层层荡着

有种魂不守舍的美

柳树无叶可落,用枝条

细细抽打着自己

河岸上的羊群,呆呆地

望着我,眼神里没有一点祈求

真想回到它们中间,不再忍受

羞耻心的折磨。我真该是

它们中的头羊,领受更多的鞭子

也若无其事。我真的,就是一只头羊

在累累鞭痕中,引领着一场洁白的漫游

——听我说：

当我走向荒草，荒草就是真理

当我离开荒草，荒草就是圈套

养狐记

而华美的皮毛,也正是

与生俱来的囚服。不可方物的

狐狸们,终生都受困于

自我的美学,不得不跻身于

铁笼之中,度过所有无望的昼夜

直到,谁亮出了白刃,这一只只

尤物,才被拖出笼子

不抗争,不嚎叫

像一个个穷途末路的贵族

认领了,唯一的死法

莫测

蚯蚓蠕动着,路过

自己断掉的遗体,宛如路过

一座,事不关己的废墟。它没有停留

没有吊唁、超度、掩埋……

它还没有觉察,自己已经死了。也有

另外的可能,蚯蚓深知

不能怀着,下一秒生还的窃喜

去悼念那个

上一秒,罹难的自己

暮色中的事物

草木葳蕤,群星本分

炊烟向四野散开

羊群越走越白

像一场雪,漫过河岸

这些温良的事物啊

它们都是善知识

经得起一次次端详

也配得上一个

柔软的胖子

此刻的悔意

麦田

永远是夺目的金黄,却永远无法收获

一片麦田,摆脱了皮尺的丈量

所以足够辽阔,让每个驻足的人

都为之震撼,并在内心

筹建着各自的粮仓。画中的小径

几百年了,尚有昨夜的泥泞。车辙新鲜

宛如,刚刚有马车驶过。驾车的人

一定是个老手,可能是去娶亲,也可能去

送葬……这有待考证。远处的尖顶教堂

影影绰绰,仿佛随时会消失

我站在这画前,屏住呼吸

听见了,唱诗的声音

顺着风,穿过世上所有的小路

也穿过,麦田前的玻璃框

来洗礼,一个永远徘徊在

异域的,陌生的我

山村里的神树

一棵柳树,足够老了

就会被系满红布条

红布条足够老了

就会褪成,白布条

远远望去,一棵系满白布条的柳树

没有一点点神气。在腊月

它佝偻着,挥舞着细细的枝条

不停抽打着身上的褴褛

再远一点儿,望去

它背后的小庙

灰土土的,像摆在那里的

一口旧瓷碗,向我们

讨要着什么

暮色空

夕阳就要下落不明了

最老的老人,都说不清它的去处

它斜倚在峰峦上,一边回望着我们

一边,用尽最后一丝气力

将斑斓的云彩,缝制成

单薄,或厚重的衣裳。它要将

这一件件新衣,赠于

那些仰着脸,泪水冰凉、瑟瑟发抖的人

这之后,它就不会再和我们有什么瓜葛了

明天落下的,将是另一轮义无反顾的夕阳

明天的馈赠,将是另一场不计前嫌的馈赠

辑二

脚印里，落满了迷路的星辰

盛典

不厌其烦,一次次沉溺于夜晚的群山之上

我目睹整座星空,携带着

无边的凛冽与庄严,自那不可及的

高处,扑面而来。这璀璨的盛典

既不生分,也不突兀

每一束星光,都是一份有备而来的厚礼

让人欢喜,让人泪涌

仿佛我是个苍老的游子

而星空,是我正在返回的家园

大风吹

须是北风,才配得

一个大字。也须是在北方

万物沉寂的荒原上

你才能体味,吹的含义

这容不得矫情。它是暴虐的刀子

但你不必心生悲悯。那些

单薄的草,瘦削的树

它们选择站在一场大风中

必有深深的用意

察尔汗盐湖

能不羞愧吗,人迹不至的戈壁
却为我们,铺天盖地
生长出,供养着人类口腹的盐巴

敢不崇敬吗,寸草不生的大地上
一粒粒洁白的,碧绿的,靛蓝的……
苦涩的,沉默的盐巴
卑微的低等生命般,伏在更低处

我已中年,遍尝了酸甜苦辣
而俯身在察尔汗盐湖畔
却战战兢兢,迟迟不敢随意

沾一滴湖水放在舌尖

我恐惧,被一滴察尔汗盐湖的水
用它坚硬如铁的滋味,击中我的软肋
我深知,一个自诩为百无禁忌的人
在浩瀚无垠的苦涩前,会瞬间
露出羸弱的原形

弥漫着

在鸟的身体里,能找到天空

而一只穿山甲的内部

暗藏着大地的起伏

我是那个不能上天,也入不了地的人类

你不要试图,从我这里找什么

我的恐惧,我的悲伤,我江水上的

三千里大雾

也在你的身体里,弥漫着

我的泥泞小路

也走过,要去看望你的人

而这伙人中,也混迹着

几颗怀揣刀斧的心

临终关怀

沟渠中,一轮残月静卧着

像是染了什么恙

我空有一身蛮力,却无法

从那脏水中,将这薄凉之物

抱起。——太惭愧了

我这即将中年之人

又一次,跌坐在它的旁边

又一次用最无奈的嗓音

一声声,如哀猿,似伤鹤

絮叨着什么。它一定是听懂了

慢慢,向沟渠边的我

靠近着,又缓缓消失于

水中。那一刻，我竟哽咽无声

原来我如此渺小

竟也有幸，临终关怀般

照顾一次，这伟大而无瑕的事物

黥面

很多年前的深夜，我的伙计们

围着一堆篝火，昏昏欲睡

火中噼啪作响的树枝

像挣扎，像呻吟，像求救

仔细听，每一根枝条的喊声

并不相同。寒意瑟缩。火焰忽高忽低

映照着熟睡者僵硬的脸，像是为他们

一遍遍，耐心地黥着面。在炙热火光中

他们捂着黥过的面孔，被莫测的梦境

从这篝火旁，流放到无垠而黑暗的远方

忘了是谁，像火中的枯枝般

尖叫了一声，又死灰般，睡熟了

——每个黥面者,一定有热辣辣的

疼痛,需要喊出来

喊出来,就可以心如死灰般,流放了

圣物

多年前,也是这样骤雨初歇的黄昏

我曾在草丛中,捡拾过一枚遗落的龙鳞

我记得,它闪烁着金光,神圣又迷人

它有锋利的边缘,奇异的花纹

我闻到了,它不可说的气息

我摩挲着它。从手指,一阵阵传来

直抵心头的那种战栗。我知道,我还不配

把它带回人间。甚至此时,我都不配向你们

述说,我曾捡拾过一枚怎样的圣物

我又怎样慎重地,将它放回草丛。我目睹

一队浩荡的蚂蚁,用最隆重的仪式

托举着这如梦之物,消失于刹那

入林记

轻轻走动,脚下

依然传来枯枝裂开的声音

北风迎面,心无旁骛地吹着

倾覆的鸟巢,倒扣在雪地上

我把它翻过来,细细的茅草交织着

依稀还是唐朝的布局,里面

有让人伤感的洁净

我折身返回的时候

那丛荆棘,拽了一下我的衣服

像是无助的挽留。我记得刚刚

入林时,也有一株荆棘,企图拦住我

它们都有一张相似的

谜一样的脸

它们都长在这里

过完渴望被认识的一生

无题

白云倜傥。山溪有一副花旦用旧的嗓子

雉鸡穿着官服,从古画中走下来

它步履稳健,踩踏着松针上的薄霜

当它开口,背后的山林

就升起了一种叫"……"的事物

这种事物,正在形成

这种事物,尚未命名

空地

长风万里,吹拂着一片片

凌乱的生活垃圾。一粒粒玻璃渣子

闪闪发光,映射着一瓣瓣

碎掉而单调的天空。从远处运来的残枝

败雪、烂砖头,倾倒成

一堆堆末日景象……我毕生所学

也不足以将此地的破败

与凌乱,如实描述。骤起骤落的

鸦雀们,东奔西跑的野狗们

寻觅着各自的果腹之物

——人间用剩的一切,它们

又用来活命、争夺……

我毕生所为，也不过

如它们一样

撕咬着争夺，号叫着活命

无定所

在废弃的牛舍、窑洞、大棚中

在草木招摇的古庙里

在乱石累累的矿坑下

……我都曾短暂寄身

一个居无定所之徒

为了遮风避雨,落脚到哪里

哪里,就是安身之处

如果我再拢起一堆野火

就可以在噼啪作响的谣曲里

酣然入梦。如今,我已无法一一历数

寄身的故地。但我记得

那一丛丛火焰,在凄风苦雨中

给我的诸多恩惠。我深知

只要我还怀揣着火种,哪怕

居无定所,我也敢于随时

直起腰身,向每一个蒙昧的世界

孤身走去

独行记

既不能尾随一只受惊的昏鸦,返回到

冷峻的树梢上。也不能随一头

迟缓的老牛,返回到四处漏风的栅栏中

天就快黑了,田野里只剩下我

踉跄独行。我是一团

跌跌撞撞的鬼火,来人间省亲

却一步也不敢,在灯火辉煌的地方

穿行。我怕亲人们,哭着辨认出我

更怕,他们说说笑笑,没有

一个人,认出我

小径

山有坐相,树有站相。头顶有

飞翔的孤儿,脚下有爬行的国王

白云轻,乌云重。一个人

在山野里徜徉,让自己混同于虫鸟

我想飞上的枝头,那里余音绕梁

我想深入的巢穴,必然庭院深深

我想经历甲虫斑斓的一生,却一次次

看见,蜗牛在费力蠕动着

——这是被花草环绕的一天

我正在脱去人形,我正在重获人形

在这大喜与大悲之间

我迷上了一条，深深的小径

等我返回，头顶已挂满露水

脚印里，落满了迷路的星辰

秦岭避雨记

风急,雨骤。我遁入一座山洞

而洞中,早已备好了泛着微光的

一坛坛烈酒。主人不在,酒具已摆好

仿佛主人知道,一个嗜酒的人

要闯进来避雨。这里,是秦岭两当

山民好客,更好歌。在两当

待客之道,莫过于酒与歌

犹记秦岭风雨不歇,而我在洞中

坐了下来,且饮且歌

仿佛已被十万大山,待为上宾

仿佛,我正借山中的酒

款待着,大山中的十万生灵

辑四

我这个异乡人,在如织的游人间

走走停停,怅然若失

假人儿

贾宝玉、阿Q、福尔摩斯、卡西莫多

……这纸页上的一个个假人儿

仿佛是征用了我们

无数人,少年或耄耋的时光

来为他们续命。假人儿们不需要

为自己,真的流一滴泪,喊

一声疼。他们的爱人与仇人

也从未流连过市井中的灯火

无须见识荒野里的风暴……

是我们,是我们被指使着

替谁,爱上一个谁。为谁去追杀

一个谁。是我们被裹挟着

流出懦弱的眼泪，擦掉贫贱的血汗

是患得患失的你我，代替

一个个假人儿，在纸上卑躬屈膝

是恓惶的你我，顶着古代的

电闪雷鸣，出现在一座虚构的

旧茅屋中……是残忍的司马迁

杜甫、鲁迅、太宰治、卡夫卡们

一笔笔蘸着，你我的血液

描摹着，他们各自的肖像

床前无明月

夜半,披衣而坐

举头望不见

一丝月光,却依然

疑心,床前有霜

有雪。甚至遍地布满了

野兽的血脚印,乃至

陷阱、箭矢、哀号……

——我始终,无法在一句含情脉脉的

唐诗里,凝神静气坐下来

做个温润的读者。这些年

在无穷尽的曲解人意与自寻烦恼中

我披衣如戴罪,独坐似潜逃

豪气尽

断魂枪、一刀仙、鬼见愁

神拳太保、浪里白条……

世上再无这样的诨号了,再无

刀口舔血的汉子,再无单骑寻仇的传奇

恩怨与纷争,一如疲倦的海市和蜃楼

在无人注目的荒漠中,消弭殆尽

如今,你我皆埋首于无伤大雅的

俗事里,乐此不疲。我们举轻若重

谈论着创可贴、布洛芬、咖啡

菜市场和 95 号汽油……仿佛唯有

一次次谈及它们,才是活着的

当务之急。仿佛只有更加琐碎

而平静的话题，才配得上衣冠楚楚

不必拍案而起了，头颅里奔涌的热浪

吞下一粒布洛芬，就渐趋平静

不必弹剑高歌了，指尖上渺小的伤口

敷上一张创可贴，就足以抚平

姑且，蜷缩在柴米油盐的夹缝里

葬了侠肝义胆，敛起刀光剑影

将长啸，化为唏嘘

让叱咤，变成嗫嚅

夜游滕王阁

滕王阁上灯火如昼

辉映着幽暗的赣江与东湖

我怀疑,诸多夜色中登楼的少年中

一定有人暗暗怀揣着

另一个版本的《滕王阁序》,来此

吟哦几句,或卖弄一番。我渴望

在此刻,遇上这样桀骜的少年

我期待他拍着我的肩膀

邀请我,为他拍栏、喝彩

直到人群散尽,灯火凋零

……怀着这隐秘的心思

我这个异乡人,在如织的游人间

走走停停，怅然若失

——呃，碰不上了。今夜

没有一个冒牌的王勃，也无人

续写《滕王阁序》……

我远眺无边的南昌城，不由悲戚

每一栋阑珊的高楼

都需要一篇流光溢彩的

记、序、赋……

来慰藉，自己失魂落魄的高耸

古沙场墓群

他们被叫作,大多数、充其量、莫须有……
十万处伤口,十万只绵羊,十万个冷笑话
一道圣旨像一声鞭响,他们动了
去戍边,去望同一轮圆月,领受同一场风雪
去出征,去点同一柱狼烟,把守同一道城墙
一夜风雪?一次伤寒?一场溃败?
不清楚,总之他们死了……
死多少,不具体
反正死多少,一座坑就埋多少

酒局上的招魂

众声喧哗。酒桌上只有我一个

写诗的人。某人问我

你写过什么,另一个肥头大耳者

却要我朗诵。我一一答应了

我说,我写过《将进酒》。接着

用呜咽的声调,我一口气吟诵了

那么多我写下的诗歌,我读完《新安吏》

又读《长恨歌》……我看见他们

恍若千年之前一样,对着我

肆无忌惮地笑。我看见

觥筹交错的桌边,无数荒冢在笑

白骨在笑,唐三彩在笑,金缕玉衣在笑

而我招魂般的嗓音里

风和,天气清

一个个我的诗人兄弟,已渐次复活

且,群贤毕至

楚汉

楚国的雪化了。汉地的

还没有。一个个身披重甲的兵卒

被配钥匙和修自行车的两个国王

遗弃在一场冬雪中,瑟瑟发抖

棋盘外,红马,踩踏在对手的黑炮上

不知魏晋。而那些散落的卒子

无用的士,不甘的车……一定也怀念

刚刚被拈起来、放下去的快意

它们一定不知道,自己已经死去了

——它们每天,出生入死无数次

有时候,活在配钥匙的手下

有时候,死在修自行车的手下

沙场秋点病

深秋,黄昏,挖沙场在寒风中

一片狼藉。几个灰头土脸的工人

如一匹匹刚刚卸下货物的骆驼

热气腾腾围在了一起

互相递着烟,开着粗俗的玩笑

他们漫不经心,说起了各自的病

——腰肌劳损,关节炎,贫血,阳痿……

还有一个人憋红了脸,胡乱指点着

自己的身体,像指着一座凌乱的仓库

只是说疼,却怎么也说不清

我站在不远处,也点起一支烟

多想融入他们，一起劳作，流汗

大声笑着，把自己罹患的隐疾

与他们娓娓道来，再一笑置之

秋夜离别

夜深了,促膝而坐的两个人
还在路灯下轻言慢语,谈笑着
像极了从千山万水之外
赶来,又即将散落天涯的两位古人
彼此间,没有一丝摧眉折腰的模样
我躲在一株老树背后,凝神观望
谛听了很久,竟然渐生欣羡
仿佛他们是渭城外、黄鹤楼下的
谁,是桃花潭边的谁与谁
……他们就要散了,相互
拍打着肩膀。我也才恋恋不舍
拍了拍那棵不漏颜,也不动色的老树

又轻轻拍了拍，我脚边

那日渐枯瘦的身影

想来，我亦离别久

而此番，是这二人的相逢

促成和见证了，我与我的萍水

无题

很多年,没有看到过

繁星漫天的样子了

古时候的游子们

曾一次次在漫天星辰中

辨认回家的方向。而如今

我顺着路标,在霓虹的掩映下

遁入夜宿的楼宇。我的归途

那么确凿,那么陈旧。每一天

来来往往,都像是被什么押解着

多渴望,能踏上一条迷途

与某个古人,相逢在

月朗星稀的夜里

我想听他，倾诉劳雁之苦

我想给他，讲述井蛙之悲

渡口边的酒坊

谁在千年不息的渡口边

筑下这一座让人闻香止步的酒坊

此处修竹扑面,茂林如盖

有着桃源般的宁静

而酿酒的工匠们,置身于

沼沼雾气间,精壮、赤膊

在窖池边挥舞着铁锹

好像自宋元,到明清

再到此时、此刻

他们一直躬着身,以虔诚

而古老的姿态,酝酿着

涓滴美酒,让每一幢布衣饭菜的

宅舍间,都盈荡着把箸击盘的欢歌

酿酒者说

1

来自故乡的告诫是,饮烈酒者

性毋烈。也就是说,唯有

至仁至柔的人,才能将

每一滴烈酒中的刀枪剑戟

化为春风细雨。所以

故乡的另一条劝慰是:

愁苦时莫饮酒,那是酒

在一滴一滴,饮人。仇恨时莫饮酒

那是人,在一滴一滴饮血

2

山川是酒器。而山中

白云是酒,大雾是酒

江河也是酒器。而落花是酒

影影绰绰的小舟,和

对岸几个蚂蚁般的农人,也是酒

我这个自醉的酒徒,流连于

大自然铺排的无数场酒局之间,将一切

目中风物,耳畔动静

都视如佳酿

3

必须宣称,我生在一个诗

与酒交织的国度。在我的国家

酿酒的手艺,和写诗的技法

同样备受尊重。一壶好酒

和一首好诗,必将会百世流传

4

也许,我就是传说中

那个生卜米,就已醉意朦胧的饮者

携带着古往今来,所有善饮者

桀骜的基因:

我不举杯，明月也会主动邀我

我一低头，故乡就盘桓而来，携带着

无数影影绰绰的故人，他们

蜂拥而至，在我的胸口

斟满，热辣辣的问候

5

哪怕你我滴酒不沾，也能从

无数诗篇中，获得淋漓的醉意

哪怕你我饮至酩酊，也必于

寥落的诗行中，找到千年前的知音

6

酿酒,是温柔而伟大的发明

酿酒,更是一次深刻的变法

五湖四海的谷物们,滴血认亲般

将血脉糅合在一起。酿酒师

同时,也具备政治家、思想家、哲学家的

头脑与胸襟。他们的双手

在无尽的劳作中,也革命着,洞察着

甚至,篡改着每一粒粮食的

命数,与天性。一个上好的酿酒师

其实也像个造物主般,深谙

于无尽岁月中,唯有对五谷晓之以情

动之以理，才能使一坛老酒

幽香渐生，让一位籍籍无名的饮者

化身为振臂的豪杰，长啸的名士

无题

所有的哑巴,都渴望一场演讲

而古往今来的乞丐,定然

在某一刻,生出过兼济天下的心

更不可思议的是,像我这样的懦夫

总免不了心中有贼,时刻盘算着

怎样去网罗一帮悍匪,与强人

在一个个月黑风高的夜晚,啖肉

饮酒,劫几车官银,赈与百姓

——身陷这红尘的俗人啊,借着

多少不合时宜的幻想,悠悠睡去

又抖擞着醒来。每一次幻境中的沉沦

都仿佛服下了一粒兴奋剂。而沉湎之后

又长时间,孤独而认命,就像

又被什么摁住,咽下一把安眠药

辑五

我用一生,在梦里造船

手可摘星辰

我这双,在梦中摘过星辰的手

也在黄昏的风中,剥过

一张血淋淋的羊皮。我这双手

抚摸过,野花单薄的小脸

也握起过愤怒的拳头,砸向

无辜的泥土。辛苦它们了

为了操持,这黑洞般的身体

忙了这么多年。它们被扎过

被夹过,被烫过,一次次

无力地伸开,又合起来

现在,我盯着它们,像盯着

两座沟壑纵横的荒原。那些

途经过它们的事物,已踪影全无

只有几枚,大大小小的伤疤

醒目而丑陋。仿佛自某一刻

凭空而来,我想了想

我还尚未摘下过一颗星星

而这累累伤疤,却像一个个

黯淡的陨石坑,无言地

寄居在一个人的手上,从不曾

照亮过什么……

脑和心

往往是脑袋里，无数朵新生的浪花

正在翻滚，而心底却如一片

亘古的暗礁，早已栖息着

一艘腐朽的沉船。当脑袋里

有无数个重犯，正在无休止越狱

而心脏中，却有一个满头白发的宫女

一生都坐在，前朝的废墟上发呆

我的大脑和心，两块水火不容的飞地

脑子里，有着开仓放粮的仁慈

心头，却回荡起一阵阵杀无赦的呐喊

茫然书

窗外哀乐,丝丝缕缕

越要拒绝,一些事物就会越清晰

仿佛每一件乐器,都是冲着我来的

仿佛我就是出席葬礼的人

却不知该向哪里参拜

禁不住,对着镜子

鞠了一躬

归

远处,一片光秃秃的杨树林

枝丫上,零星挂着

几只四处漏风的鹊巢

再也没有比那更清贫的家了

——假如我是一只倦鸟

我也会告诉你,那里并不需要一丁点儿灯火

——假如我是那只喜鹊

我也会在傍晚,唱着一支旧曲回来

入梦来

昨夜,那匹瘦马又一次

衔着几茎荒草,一瘸一拐

入梦而来。它温驯的眼睛里

布满了血丝。无人打理的

鬃毛上,挂着从前的苍耳

与荆棘。它来到我身边,用干涸的

唇角,轻舔着我的掌心

仿佛我从未鞭打过它……

仿佛,它从未记得

我曾一边骑着它,一边咒骂它

——多年前,我在草原上

买过的这匹瘦马,又一次

穿过一个个影影绰绰的

异乡与迷途,躲过无数人的

追打和抓捕,才返回我这个

无情的主人身边,不计前嫌

听凭我翻身而上,随手指一个

需要它跋涉的方向

——哪怕没有青草,遍地瓦砾

它也得无怨无悔地奔跑

这匹善良的瘦马,从不知道

即便在梦里,我也一直暗藏着

那条,让它恐惧的鞭子

漫游者

曾以巨石为榻,度过某个瑟瑟秋夜

曾拢起一堆野火,看着凛冽的山泉水

在斑驳的铝饭盒中,如大海般沸腾

曾远远望见,一队觅食的野猪

大摇大摆,穿过月光下的山谷,如一队

匍匐前行的黑袍军。曾跌坐在乱石之中

久久凝视着一条百足之虫,心头竟然情义渐生

它无措而笨拙的样子,像是暗示我什么

……俱往矣。漫游的光阴,已散佚在

一座座乱草凄迷的峰峦间。而今

在每一夜无垠的梦境里,我依然不知疲倦

游荡在那永不能消逝的荒蛮里,不计归期

我肯定是把自己走野了,走乱了,走散了

走成一个连自己都异常陌生的另类

走成了,一丛披头散发的荆棘,一头

仓皇逃窜的小兽,一条向悬崖

蜿蜒而去的绝路

走成了,一只断翅之鸟

无巢可归,无枝可攀

聋

总有人一生下来,就选择聋掉

总有人,慢慢变成聋子

有人听不见小一点儿的声音

比如,针尖刺穿血管

有人什么也听不见

比如,山洪冲走牛羊

有人听见了,装作没听见

有人不知道听到了什么,拼命点着头

我见过世界上有一个哑巴

用小到我们听不见的声音

对自己说话。一边说

一边摇着头

我只能听见，那摇头的声音

却无法听见，他对自我的

呵斥和羞辱

我用一生,在梦里造船

这些年,我只做一个梦
在梦里,我只做一件事
造船,造船,造船

为了把这个梦,做得臻美
我一次次,大汗淋漓地
挥动着斧、锯、刨、錾
——这些尖锐之物

现在,我醒来。满面泪水
我的梦里,永远欠着
一片,苍茫而柔软的大海

僻壤

依然有人自井中取水,于炉火上
温酒。依然有不求甚解的
读书人在白炽灯下,蹈足舞手
捧着粗瓷大碗的人,像捧起
一道圣旨。而黄昏中
砍柴归来的人,仿佛背着
一座光芒四射的金山。原野里
四散着热气腾腾的骡马,而庭院中
悠闲的鸡犬,昂首挺胸
这是一方僻壤,假如你路过此地
讨一碗水,就会得到一碗酒

你向谁，道一声谢

所有的事物，都会脸红

都会争先恐后，向你鞠躬

一个人太少了

我不能给所有的药,提供一场大病

我不能给所有的牢笼,指认自己的罪名

世界伤口无数,我只能选择一个,去溃烂

撒盐的时候到了,我孤零零的伤口

绝不够堆放。一个人太少了

我只能是桑,是槐

被别人指着,骂着的时候

我不能 +1,不能点赞

不能既指向自己,又骂向自己

弃婴

孩子们仿佛一群精力无限的幼兽

在空地上欢腾着。一个说自己是恐龙

另一个说,自己有一挺发射糖果的机关枪

五岁的佳佳,正在迎娶两岁的果儿

聘礼是一枚巴掌大的树叶

而婚礼上,他们唱着一曲生日快乐歌

果儿咿咿呀呀,看样子,她还不会唱

她很慌乱,很着急

按照他们的看法,我是刚刚生下的孩子

什么也不会,什么也不懂

具体我是谁家的,分歧很多

我只好躲在一边,等待裁决

后来,他们有了新的使命,跑远了

迟迟未归,我很慌乱,很着急

可按他们的说法,我刚出生

什么也不懂,什么也不会

我被遗忘在此,只能傻呆呆

等着,守着

像极了一个弃婴

对一支喇叭的赞美

午时已过,那人斜倚在台阶上

一箪食,一瓢饮

而他身旁的板车上,一支喇叭

仿佛是他豢养的家奴

不知疲倦,喊着:

废铜、烂铁、破纸箱……

——多卖命的呼喊,多值得赞美的喇叭

无论录下的,是笑声、哭声

抑或撕心裂肺的求救声

它都不怯场,也不篡改

一声声,喊得义无反顾,喊得如出一辙

一点也不像,我们的喉咙那样

又虚弱,又善变

婴儿之哭

断脐婴儿的哭声,不能用

号啕来形容。此哭,是语言

也是行动,更是宣读唯我独尊的圣旨

断奶婴儿的哭声,不能用

咬牙切齿来表达。他新生的乳牙

还没有尝过,酸甜苦辣的生活

——婴儿们只是哭啼,不是哭泣,不是哭诉

他们哭着,不分场合,不分昼夜

在哭声中长大

哭着哭着,就一点点

哭出悲伤,哭出愤怒,哭出哭笑不得

哭成了一个个,无泪之人

辑八

因为苍天在上

我愿埋首人间

六言

因为拥有翅膀

鸟群高于大地

因为只有翅膀

白云高于群鸟

因为物我两忘

天空高于一切

因为苍天在上

我愿埋首人间

与己书

许多事情不会有结局了。坏人们

依然对钟声过敏,更坏的人

充耳不闻。我也怀着莫须有的罪

我要照顾好自己,用漫长的时光

抵消那一次,母亲的阵痛。你看

树叶在风中,而风

吹着吹着,就放弃了

我会对自己说

那好吧,就这样吧

我掐了掐自己的人中

是的,这世间有我

已经不能更好了

我已经和这个世界格格不入了

哪怕一个人躺在床上

蒙着脸,也有奔波之苦

身是客

深知我的人间,已漏洞百出
梦如一方蜃楼,醒是无边的海市
深知我莫名其妙的慌张,并不会
大于,无头的苍蝇,也不会大于
热锅上的蚂蚁。哪有什么
大千世界,不过是一个个碎纷纷的
日子,你千补,我百衲,拼凑出
这微弱一叹,这一声唏嘘
——身是客
你定睛看,断尾求生的是我
摇尾乞怜的,也是我
你再看,石头是我,搬起石头的
也是我。伤痕累累的,依然是我

隔墙有耳

总疑心,隔墙有耳

总觉得,我的周遭有尖牙利爪

而四壁之外,是一座

瘴气弥漫的森林,遍布着

无底的陷阱。埋伏着,无数血淋淋的

弓箭与明晃晃的火把

无人知道,我罹患疑心病久矣

仿佛一只皮毛斑驳的暮年

之虎,披着一件

人间的旧衣服,在这四壁空空的

房间里,做着一场场患得患失,有气无力的噩梦

谢绝

那些名贵之物,与我保持着距离

甚至与我,永远隔着一道警戒线

一层玻璃,一个礼貌的手势

那些名贵之物,谢绝了拍照与合影

甚至参观。历经无数次的

谢绝过后,我再也无心攀附

和艳羡那些辉煌的成就,精美的手艺

我终于退守一隅

与一个个凡俗之物、粪土之辈

灰头土脸的,厮混在一起

我终于活出了自知之明

在越来越平庸的日子里

供养出,一道道无法谢绝的皱纹

愚见

圣人未出,恶与奸就无从露出
端倪。天不雨粟,鬼不夜哭
就永不会滋生,盗的王图和匪的霸业
——我这至愚的人啊,依然相信
天是圆的,地是方的。而结绳记事
记下的,也只是几头小兽
和几丛野果的闲事。没有远虑和近忧
就赤裸裸,沉浸在这巫术和祭祀
都尚未被开发的蒙昧之中
在一堆天火之畔,我守护着自己的
不知年月的身体,就是守护着

万贯家产，千顷良田

而我的每一个愚见，也正是

连天地，都深信不疑的真理

独坐书

明月高悬,一副举目无亲的样子

我把每一颗星星比喻成

缀在黑袍子上的补丁的时候,山下

村庄里的灯火越来越暗。他们劳作了

一整天,是该休息了。我背后的松林里

传出不知名的鸟叫。它们飞了一天

是该唱几句了。如果我继续

在山头上坐下去,养在山腰

帐篷里的狗,就该摸黑找上来了

想想,是该回去看看它了。它那么小

总是在黑暗中,冲着一切风吹草动

悲壮地,汪汪大叫。它还没有学会

平静。还没有学会,像我这样

看着,脚下的村庄慢慢变黑

心头,却有灯火渐暖

送别

一个人死了,我擦了擦眼角

一群人死了,又擦了擦

我这个孤零零的读书人,一下午

沉溺在,连篇累牍的死亡描述里

哭完一个朝代,又换一个哭

哭完一片土地,再换一片

我哭过有名的娼妓,又哭无名僧侣

我哭过童子军,又哭敢死队

为什么,一代代陈旧的死亡

仍带给我一阵阵,新鲜的战栗?

　下午,我置身在无数的典籍里

仿佛一支送葬队伍,在故往的悲剧里

穿梭往来,披麻戴孝

与己成仇

在无穷的对峙里,我长成了自己的仇人

面也不和,心也不和

现在,我对这个不堪的自己

也无能为力了,总是一边像个佞臣

谄媚着,君王般傲慢的自己

一边,仿佛多疑的暴君

对这个谏官般苦口婆心的自己,屡动杀机

变形记

逼着自己,用肠胃思考

就永不会看见,麦芒和针尖

顺着自己,以底线活着

就再不会混淆,令箭和鸡毛

在垂暮尚未到来之时,我无师自通

学会了变形。时而高踞云上

携故人涕泪横流

时而隐入泥中,与自己谈笑风生

——我堕落时,与豺狼们一起

出没于月黑风高的江湖

  我清高时,与仙阜们一起

漫游在人迹罕至的边疆

这无常、无法无天、无边无际的

变形,将我这一生撕得纷乱

上一秒,还寄身在马厩里嘶鸣

下一秒,就浮沉在江河中逃生

水牢

谁用无情的双手,在漫漫时光里
将我的皮囊,秘密改造成
这一座,森严的水牢。谁将我
蜿蜒的骨髓,设计成幽暗的甬道
多么惨无人道啊。现在
我的心房,如一间漆黑的
审讯室,摆放着无数恶毒的刑具
而我的脑海里,羁押着太多啜泣
与哀号的囚徒。他们密密麻麻
在无尽的拷问和鞭挞中,招认了
各自的罪业。所有坦白的手印
都摁在我的胸口上。而每一次

动刑时发出的惨叫,回荡在

我的胸腔之间。再没有比我

更痛苦的身体了

——你听,这边厢刚刚五花大绑

那边,就又有人头破血流

再没有比我更邪恶的水牢了

不由自主,我活成人间公器的样子

每一次泄愤,都义正词严

每一次用刑,都正大光明

惊蛰

去年用旧的身体,今年还能一用
去年已老态龙钟的人,还可以拖着
自己的残躯,在春风涤荡的街头
钉鞋的钉鞋,捡破烂的捡破烂
他们又穿着,那一身身褪色的衣衫
像一条条,无名无姓的虫豸
蜷缩的,继续蜷缩
蠕动的,继续蠕动

辑七

种下高粱，酿新酒

种出桑麻，做新衣

穿墙术

你有没有见过一个孩子

摁着自己的头,往墙上磕

我见过。在县医院

咚,咚,咚

他母亲说,让他磕吧

似乎墙疼了

他就不疼了

似乎疼痛,可以穿墙而过

我不知道他脑袋里装着

什么病。也不知道一面墙

吸纳了多少苦痛

才变得如此苍白

就像那个背过身去的

母亲。后来,她把孩子搂住

仿佛一面颤抖的墙

伸出了手

石匠

他祖传的手艺

无非是,把一尊佛

从石头中救出来

给他磕头

也无非是,把一个人

囚进石头里

也给他磕头

吹糖人

多年前,空气甜蜜,街巷流香

一个孩子,吮紧了手指

追随着吹糖人。惊诧于

他只需一块糖,就吹出了

尘世间,稀有的花鸟禽兽

他还吹出了孙猴子、猪八戒

吹出了关老爷与赤兔,武松和老虎

他吹过神话,也吹过戏曲

那么多恩怨情仇、悲欢离合

从他的口中,一下下

喷薄而出。仿佛,他干瘪的腹中

深藏着,一个古往今来的宇宙

仿佛他,是个蓬头垢面

却法力无边的造物主

戏

唱腔低回,念白高亢。那俏丽的小旦
原是独居的寡妇,而张牙舞爪的花脸
有个哑巴儿子……我年幼,尚不知
戏中之事与弦外之音,兀自穿梭在看客中
偶尔听得台上一声声杀伐,台下就一片惊恐
戏中一句句哭诉,人群就一阵凝咽
——已是曲终人散,还有一个入戏太深的人
一边走,一边恋恋回望着,空荡荡的戏台
仿佛那里,诞生过他的情人,死去了他的仇人
而那一个个戏子们,是他真假莫辨的替身
用婉转的悲欢,铿锵的离合
为他,将索然的一生,过得惊心动魄,曲折离奇

等石子儿

童年扔出的

那枚石子儿

还没有落地

它的滑行

将谜语般

持续下去。从此

你未尽的使命,就是

在忐忑中

一直等,石子儿

落地,那咯噔的一声

皮影戏

光,让那么多

刀割过的皮,一下子活过来了

一张张皮,就成了一条条命

皮,背着皮逃亡。皮,给皮下跪

皮砍了皮的头。皮,哭着皮的死

终于要演完了,我耳中

皮给皮,喝彩。皮,在鼓掌

农夫颂

一个最憨的农夫,也永不会杀鸡

取卵,更拒绝驭鹿为马

在种与收的间歇里,就摆弄几株

好养活,却灯火般辉煌的

花花草草。生下的女孩子,也

跟着一株株花草,唤作

兰啊菊啊。最憨的农夫

也知道父母在,不远游。所以

种瓜种豆。种下高粱,酿新酒

种出桑麻,做新衣。最憨的农夫

会把几亩薄田,奉在心头

会教,牙牙学语的子嗣

在田地间摸爬着,认下

养命的五谷,与先人的坟头

一个勤恳的农夫,终生奔走在

油绿和金黄之间,把自己活成

晴耕薄田、雨读苍生的老叟

我的侏儒兄弟

这里,是你两倍高的人间

你有多于我们的

悬崖,就有了两倍的陡峭

你有更漫长的路

要赶。兄弟,你必须

比我们,提前出发

并准备好,比我们

咽下更多的苦,接纳

更多的羞辱

在路上,我的侏儒兄弟

你那么小,只能背负

少得可怜的干粮

你那么小,却要准备好

两倍的汗,和血

轮回

雪化为水。水化为乌有
乌有,在我们头顶堆积着,幻化着
——世间的轮回,从不避人耳目
昨天,一个东倒西歪的酒鬼
如一条病狗,匍匐在闹市中
一遍遍追着人群,喊:
"谁来骑我,让我也受一受
这胯下之辱"
满街的人,掩面而去
仿佛都受到了奇耻大辱

赶喜人

一整天了,不知道从何方
传来无休止的锣鼓声
肯定有件天大的喜事,正在世上发生
而我手中无锣,怀里无鼓,只有一副
又旧又哑的坏嗓子。我多像一个胆怯
迟钝的赶喜人,被遗忘在欢天喜地
敲锣打鼓的氛围之外。对着窗口,我
一遍遍低喊着,恭喜呀恭喜
似乎每喊出一句,锣和鼓都会停顿一下
似乎每停顿一次,我都能听到一声声
回应,同喜呀同喜。于是,我这个木讷的
赶喜人,向窗外一次次伸出双手

而颤抖不已的手心里,也被谁

一次次塞满了春风和阳光

甚至还收到,不知从何方飘过来的

一瓣落英,一朵羽毛……

哭丧人说

我曾问过他,是否只需要

一具冷冰的尸体,就能

滚出热泪?不,他微笑着说

不需要那么真实。一个优秀的

哭丧人,要有训练有素的

痛苦,哪怕面对空荡荡的棺木

也可以凭空抓出一位死者

还可以,用抑扬顿挫的哭声

还原莫须有的悲欢

就像某个人真的死了

就像某个人真的活过

他接着又说,好的哭丧人

就是,把自己无数次放倒在

棺木中。好的哭丧人,就是一次次

跪下,用膝盖磨平生死

我哭过那么多死者,每一场

都是一次荡气回肠的

练习。每一个死者,都想象成

你我,被寄走的

替身

疯子

此刻是良辰。夜风如抚

白天,被石块砸过的那些伤口

在月光下,正在秘密集结成花园

结一个痂,也是开一朵花

他能闻到,自己的芳香

并愿意,散发给我们

林子大了,什么鸟都有

现在林子没了,什么鸟还有

早市上,一排排笼子

蹲在地上。鸟们

蹲在笼子里

卖弄似的,叫得欢

那人也蹲在地上

默不作声

这一幕,倒像是

鸟,在叫卖笼子

叫卖那人

无题

她屏住呼吸,想让那只蝴蝶

在裙裾上,多逗留一会儿

为了这片刻的美好,她甚至轻轻

拉直了,肮脏而褶皱的裙裾

哦,这个疯女人,她一定也在内心

把自己,想象成一片绿荫,甚至一座花园

而她垂暮的身体里

也正在滋生出,母性的暗香,与良善

辑八

我渴望让沉重的自己,走出一片片羽毛

一辆卡车奔跑在永夜里

星光寂寥,一辆空载的卡车

在暗夜的国道上奔跑。电线杆、树木

荒废的饭店……从后视镜中

依次倒下,仿佛卡车的离开

抽走了它们的魂魄。司机睡在大铺上

鼾声如雷。而唇角绒黄的副驾驶

怀着车轮碾压大地的快感

载动了整条紧绷的道路,向西

射去,如离弦之箭……

他是我少年时的玩伴

二十多年过去了,他的母亲

每次见到我,都会张开空洞的喉咙

诡笑着说，跟他爹跑车，快要回来了

……呃，十六岁的少年，开足马力

拖着两条轻飘飘的魂魄，在一条

永夜的道路上，无证驾驶着

不计归途

深夜街衢

车灯耀眼,喇叭刺耳
我每夜路过的街衢
仿佛一条被路灯凝望着的流水线
输送着,一批批可疑的小青年
麻木的流浪者,迟缓的酒鬼
……无人经过的某一刻
路灯渐次熄灭,街衢就静了下来
可绝非山间小路,秋后的寂静
也不是边境公路,雪后的宁静
而是像一条被剥了皮的巨蟒,摆放在
城市,这张巨大案板上的肃静

旧货市场

和所有的旧货市场一样

在这里,也有二手的门窗、家具、电器

它们将带着一个家的印迹,住进另一个家庭

它们将被重新安排自己的领地,重新发挥

各自的功用。那个蹬三轮车的大哥

知道它们的来处和去处。他每天

奔波在路上,轻轻搬运着它们

像一个送亲的人,也像一个送终的人

泡沫颂

穹顶完美而四壁光滑

一个泡沫所拥有的空寂

与平静,已不能更多

谁若伤害一座泡沫

就约等于毁寺灭佛

谁若虔诚观望着一枚泡沫的

绽放与消弭,就无异于

见证了四季、一生,乃至亿万斯年

那茫无涯际的轮回

雾中吟

1

这些年,大雾仿佛珍稀动物般

几近绝迹。听说在古刹、渡口、深山

穷途……这些人迹罕至的地方

一场场大雾,经年弥漫着

我还听说,落魄书生、淘金者、取经人

采药客……这些业已在现世中消失的人

依然影影绰绰,在一场场大雾中

纸片一样奔波着,牛马一样劳役着

大雾,老朽们褪不去的囚衣

大雾,少年们打不开的牢笼

2

在这世间太久了,你早已

变成自己的眼中钉、肉中刺

现在,你系紧鞋带,打好绑腿

背上通天绳与登云梯

出发了。等你穿过这茫茫大雾

就无迹可寻了,你将宛如初生

宛如已故。你会撇清所有

再无坏名声,再无好口碑

谁恨你,就是恨自己

谁爱你,都是爱之物

3

起雾之后,万物消弭

仿佛统统被缉拿而去,世上再无

刽子手、窃国大盗、梁上君子……

大雾散去,想来已审讯完毕

总有一些事物重现天日

犹如无罪释放

总有另外的,远遁而去

仿佛戴罪潜逃

4

在白茫茫一片中

走一走。劝自己慢下来

如同婴儿试步,老僧朝山

我渴望让沉重的自己,走出

一片片羽毛。让怯懦的自己

走出一身铠甲。在大雾中

总免不了听到,谁在用若有若无的

苍老嗓音,没完没了询问我

"你为何头戴冠冕,却又赤足泥泞"

"你为何在荆棘中前行,却紧闭双目"

……我无言,唯有向虚空中,一次次鞠躬

5

田野消失了,土路也消失了

鸟鸣还在,鸟鸣中的温柔

也永无止息涤荡着

村庄消失了,庭院也消失了

但鸡鸣狗吠里的欢腾,依然不绝于耳

甚至,我还听到谁在一声声呼唤着

"回家,吃饭"。唯有一个母亲的嗓音

才会如此悠长,让人着魔

我也是渴望被呼唤的孩子

我也想蹦跳着,穿越恍若隔世的大雾

向那炊烟袅袅的屋檐,雀跃而去

善消息

铺天盖地的消息里

总有一些,是不幸的

倾听消息的人群中

总有一个不堪重负的善人

会五雷轰顶般,倒下去

倒在泥泞里、车轮下、古道旁、大殿外……

屡屡倒下的人,总会被我们

一次次救起来。我们需要

这善良的朋友。我们盼望着

这个苦命的替身,挣扎着

站起来,沙哑着嗓子

又一次安慰我们

"也许下一个,会是好消息"

边境线

铁丝网、哨所、警戒牌……

我这条蔓延在山脊上的边境线

布满了不安、无情、肃穆的气氛

我背后,那条小溪刚刚起身

流向远方,将流淌成护佑

一个国度的母亲河

我面前,群峰渐次隆起

耸入天际,将一个族裔,分割为

不相往来的异国人。我的周遭

总有年轻而紧绷的脸庞们

日夜巡梭着,仿佛怕我消失

怕我暗自挪动了分寸

山地炮、迷彩、瞭望塔……

我这条五花大绑的边境线

哪怕蜂飞蝶舞,春风浩荡

也会克制住内心的欢愉

小心翼翼,被两个风月各异的疆域

裹挟在,语焉不详的辞令里

仿佛一条来历不明的缰绳

时刻绷紧自己,又不敢

轻易折断

逃离

我的梦里,有野花,压着仇人的墓碑

有小路,走过贩运情侣的马车

有扭曲的蛇,吐出孤独的芯子

一遍遍,舔着朝圣者泥泞的脸

为了让一场梦,无比接近真实

我还准备了,诅咒,哭泣,和挣扎……

惊醒后,我还有偏头痛

红眼眶。我把每一场梦

都做得玄机重重。以至于

每一次醒来,都是一次对现场的逃离

黎明,当警报声滑过暗青色的窗口

我知道,我又一次幸免了

但肯定有另一个人

因为梦见锈迹斑斑的镣铐

而不幸,被一群梦见判决书的人

带走了

一字

整个下午,在纸上
只写下,一枚孤零零的汉字
这粒象形汉字,因为孤独
而工工整整,仿佛谨小慎微的
老迈戍兵,独守着空旷的边境
依然抱着一颗忠诚的国士之心
这个平声汉字,因为无聊
而笔画繁多,仿佛在雪原上
独自转山的少年信徒,猛然
想起了她,瞬间就燃起了
千头百绪。整个下午
我端坐在这枚字的旁边
宛如一个垂暮的父亲,望着

襁褓中，羸弱的婴儿

却无力挽救，不得不

弃之于纸上，葬之于心头

读后感

常常是多情而敏感的死者,安慰着

麻木活着的人。常常是

从一堆已经卷边的旧书里

我才能获得,凛冽而新鲜的疼痛

我不能反对的比喻

在动物园里,灰老虎,

不奔跑,不咆哮。甚至

不随地大小便。偶尔

有人用树枝拍打它的脑袋

它就彬彬有礼地走开

儿子说,原来课本也骗人

它多么像

钉鞋的老爷爷

我不能反对这个比喻

更不能反对一个笼子

是它,让这个比喻如此贴切

手术台

仿佛偏瘫多年的渔民,在日落时
又一次,铺开
那张早已破败的渔网
每当夜深,我总是在灯下
徐徐展开,这个伤痕累累的自己
我暗藏着,眼中钉无数,也怀有
肉中刺无数。我拔呀拔
一粒粒、一枚枚、一根根
从这微不足道的躯体里
竟然拔出那么多,尖锐的回忆
腐朽的秘密、阴暗的情绪……
我用医者的仁心,将

无数个罹患大疾,或微恙的

自己,从血染的手术台上

推过来,推过去……

像推着一堆,无足轻重的他人

无题

风是干净的,风吹过岩石的时候

岩石也净了。露珠滑过草木

悄无声息。落在泥土里,消弭得

干干净净。一个满面风尘的人

在清溪边,坐了会儿

他想俯身,洗一把脸,却从溪水中

听到了,星辰走动的声音

辑九

我漫不经心就荒老了

自我介绍

少贫,家寒。蜷缩在一件件

旧衣服中,默默长大,成为一块

飘零在人间的补丁。如你所知

我懦弱,寡言,总觉得自己

是蓄积了无数个刍狗

与蚁蝼的前世,在今生

才侥幸,兑换出这形单影只的人形

所以,你看到我摇尾乞怜的样子

莫要耻笑。你若目睹我

断尾求生的样子,也无须同情

我沉溺在影影绰绰的轮回里

对今生,这个索然而分裂的自己

不知该苦口斥责,还是该良言安抚

荒老志

地老了，寸草不生

天荒了，群星黯淡

我漫不经心就荒老了

没有葳蕤过，没有璀璨过

当我想要呐喊，却发现

正坐在，后半生的枯井中

当我想要呼吸，才知道

已埋在，前半生的废墟里

多么蹊跷而难耐的荒老啊

失去的岁月，如宫阙紧闭，拒我千里

将来的日子，如罗网虚掩，等我来投

晒太阳

一个人累了,要坐下来

晒一晒太阳。一个人老了

余生,再没有什么要紧的事了

就晒着,一轮无聊而陈旧的太阳

如你所见,在不胜数的长椅上、墙角下

那些穷困的,孤寡的,伤残的

老人们,晒着一轮轮不名一文的

茕茕孑立的,病恹恹的太阳

想想,这也终将是我的晚景啊

我这个在尘世苦熬很久的人

一次次挪动着残渣般的肉身

来到阳光下,隐隐期待着

在漫长的照耀下，积攒了一生的

愤怒和怨怼，蒸发殆尽，恍若无物

也许，一次次晒过之后，就能够

一点点变得轻盈、透彻

宛如羽毛和露珠。以此来

无限抵近，一个莫须有的天堂

老大娘

大炕宽,大炕长

大炕睡个老大娘

太老了,就一个人

糊涂地活着

就羞涩地

把前些年

准备的寿衣

里里外外

又穿了一遍

仿佛出殡

也好像出嫁

局外人

蝴蝶的青春,蝙蝠的晚年

野猪的集市与宗庙

狐狸的敬老院

山鹰的舞会以及葬礼

甲壳虫的行刑队

大雾消弭于众神交谈之后

如果你也在山中

不要从兀立的悬崖下经过

——怕你目睹这一切,被魅惑,被迷误

如我此刻,诧异于那只肥硕的松鼠

从温暖的桃枝上,轻盈掠过

感觉那就是另一个自己,脱窍而去

而影子,呆呆贴在冰冷的崖壁上,如同

局外人,一次次奉劝大惊失色的自己

该下山了

该转世了

该向身后的人间

鞠躬了

该对此间的恩赐

谢罪了

铁皮房

残垣断壁间,谁用废铁皮

搭了一间矮房子,在阵阵北风中

发出呜咽与哀号,犹如一头

深蓝色的史前怪兽。风,越来越大

铁皮房,也抖动得越来越急

仿佛就要复活了。它的四周

堆积着破纸箱、空瓶子……

仿佛怪兽饕餮过的,一团团残渣

我蹑手蹑脚,走向它。真希望

它不是一间遮风避雨的房子,而只是

一堆铁皮。我多想,那个在里面

弓身而行的,不是满面哀容的

瘸老头，而是擒妖除魔的钟馗

天寒地冻，我多想和他说，回家吧

可又害怕，看见他摇着白茫茫的头

像一头垂暮的困兽

返回铁皮之中

永不现身

秋天了

秋天了,在村外的山坡上

安放一群麦草人

穿红,戴绿,一个胖墩墩

另一个,又瘦又高

希望他们不枉此生,栩栩如生

我请他们,各自照看好

三分谷,半亩黍,一地豆子

我还想,扎一个最小的麦草人

站在最高的坡上,让他

背对着所有的田地,像一个

没有迷茫,更没有忧愁的孩子

他遥望远方,无所事事

还不需要领受,困厄于此

苦役般的一生

田野上的歌手

谁在秋收后的田野里,唱着

歌声在大风中断断续续

仿佛歌手是一个有气无力的人

这乡间的生活很苦

许多人远走高飞,在异乡

捂紧喉咙生活,像是气绝已久

而歌手,被遗忘在这里

他活在几只牛羊与几亩薄田的

荒腔走板里,古老而单调

他是这一片田野上,热泪盈眶的孝子

他哭行云悼流水,把每一丛影影绰绰的

荒草,当作永不厌倦的观众

苔藓

——最低等的高等

植物。像一句绕口令般的

科学定义,也许只是我们

对苔藓们,自以为是的成见

而世上所有的苔藓,毫不在乎

自己的生命比杂草野木,更低等

或者,略高于斑斓的蘑菇。它们隐身在

一丛丛,自己的复数中

成为,一整片单调而哑默的

斑斑暗绿。多像是,摩肩接踵的

我们,形骨枯槁的我们,拥挤在

城市的累累砖瓦之间……说不定

苔藓们,也有着高等植物

无法理解的欢愉。说不定

生而为人的你我,在一株株低等

植物们的眼里,也有着

不可理解的

——喧嚣的卑微,奔波的苟且

沙尘暴

这么多愤怒的沙子,起义的沙子

痛击一个个行人的脸颊

我埋首,掩面,像一个刚刚

被流放到此的罪人,满面风尘

穿过这末日般的街头

也许,我真的有罪

不然,那么多的沙尘

怎么会一路追捕着我

直到我逃进这房间

它们仍一阵阵,敲打着窗户

好像在催我自首,唤我伏法

重生记

暮云低垂,地平线静默如苍生
我被几声似曾相识的鸟鸣,引诱至此
现在才怀疑,是幻听
已太晚了。凝滞的空气中,平日里
被遗忘的心跳,成了最大的动静
仿佛一件刚刚出土的人形器皿
在无人处,渐渐复苏。我终于
听见了滴滴答答的血,在身体里
狼奔豕突。而我未曾目睹的
骨骼,也在皮囊之下,彼此
搀扶着,鼓舞着
撑起了我的每一寸肌肤

这妙不可言的时刻,万物沉寂

我置身于黄昏的中央,独自孕育

和抚养出,一个恍若隔世的新人

短讯

新闻上,有两个相爱的人
昨夜坠河了。
被固定在某个版面的
夹缝里,"正在努力寻找家人"
如此轻描淡写,就结束了
而我,仿佛已经抵达
那条浑浊的河流边,目睹
一座锈迹斑斑的大桥上
两片单薄的人影,湿淋淋
横陈着,紧挨着……现在
两个人在水中的婚礼,谢幕了

我被这则短讯，火速找到

我来此地，举办一场莫须有的葬礼

或，婚礼

匿名

山岳入云,如壮士披着雪白襟袍

峭壁上,一株早年被雷击过的

嶙峋老树,又忍不住吐出了几枝

俏皮的新芽。飞鸟往返于枝头

和云中,数不清多少只

也叫不出它们的名字。偶尔有几声

鸟鸣如清露,滴落在耳边……

危石触目,飞瀑惊心

我免不了喟叹——

到底该唤作大自然、造物主

还是苍天、神灵……一个

谁也说不清来历的匿名者

不屑于立字为据,却著作等身

留下这赏读不完的山水,像一笔永远

瓜分不尽的恩情。留下这不绝于耳的

天籁,如从来谛听不够的教诲

辑十

孤树消失了,羊群消失了

远望

从更远的地方望去,每一座

房子,都如一块块随意摆放的石子

门扉、烟囱都消失了。从更远的地方

望去,街道如一缕绵延的线,人群如蝼蚁

你看不到一<u>丝丝</u>生活

啊,你看不到,他们也活着

通宵达旦,活着。象征性、活着

暮色

远方。每一座山峰,又洇出了血

云朵比纱布更加崩溃。暮色正在埋人

和当年一样慌乱,我还是不能熟练听完

《安魂曲》。我还是那个捉笔

如捉刀的诗人,用歧义

混淆着短歌与长哭。一天天

在对暮色的恐惧中

我还是不能和自己一致。总是

一边望着星辰祈祷

一边望着落日哭泣

好梦旅馆

我进来的时候，耍把戏人

鞭打着，他蹲在墙角的猴子

脸色潮红的中学生情侣

吵吵着要求换房。藏在

吧台后的财神，表情木讷

端坐于香火的灰烬里。一个

年老色衰的女人，一遍遍

吐着烟圈。她一边吐，一边骂

畜生，畜生……

老旧的电视机里，有人应和

是的，是的……

瘦巴巴的老板，目不斜视地盯住我

指着头顶,三楼有房,押金一百

我进来的时候,已经很晚

这个时候,我只需要一张床

却不断有人敲门

要不要热水,要不要夜宵

要不要良宵

呃,我只需要睡眠

这家名为好梦的旅馆

却一次次,妄图

递给我,整个惊心动魄的世界

悬河

无休止的流淌,也正是

无限的苦役。一条河

用自己恒久的失眠、疲惫、疼痛

从高原,搬运来这么多

血肉般的泥与沙。从此地起身

黄河将步入它的下游

现在,它缓慢、温柔,却不容小觑

仿佛一匹气喘吁吁的史前神兽

小憩在平原之上

而那高悬于平原的身躯

散发出神秘而又苦涩的气息

氤氲在天地之间

让每个目睹它的人

都一边流泪,一边欢呼

像是从苦水里逃生的幸存者

又像是,它一路苦役的陪同者

夜望嵩山

平原以西,群山是一团冥顽的暗影

肯定有一群高僧,正站在漆黑的中央诵经

而他们头顶上的戒疤

如一颗颗呼之欲出的星星

我听不到他们念诵的佛法

但能从无尽的闪烁中

辨认出,德望最高的那个僧人

今夜,我在群山脚下,像一个依偎在

袈裟旁的俗人,从群山的肃穆中

获取了无穷的赐福,与教诲

暮晚读泰山

天空由蓝入幽,群峰间
一级级无言的台阶
如一道道不可辩驳的圣旨
在暮色中,引领着我们上升
沿途,大大小小的石刻
字迹恍惚,有种天书的错觉
——"摩崖",一笔一画
历经工匠们大汗淋漓的誊写
从纸上,跃然于崖石之间
这神奇的书写,让一座山
幻化为琳琅的书房
我在气喘吁吁和大汗淋漓中

攀登着，仰望着，浏览着，阅读着

当夜色已浓，天地如一卷

缓缓合上的书页。而我的头顶

粒粒可数的群星，仿佛是谁

在山崖上，雕刻着汉字

不小心，迸溅出一簇簇火星

庙宇外

又老又丑,一张刀刻斧斫的苦脸
仿佛从庙宇里逃生的泥菩萨
她一次次,弯下破棉絮般,臃肿的身体
向游人,摇晃着斑驳的破茶缸
哗,哗啦,哗啦啦……

她摇得那么沉重,仿佛蒙冤的死囚
抖动着身体上的镣铐
她摇得那么起劲,仿佛一个顽童
炫耀着新买的玩具

几枚硬币,在茶缸里跳跃着

像是刚刚投进放生池里的锦鲤

又好像,在干涸的河床里

鱼拼命挣扎、求救,一下下抖落身上的鳞片

茶缸上,四枚红漆小字

歪歪扭扭:功德无量

她在庙门前,堵着进进出出的人

似乎,她是一个绕不开的山门

也是一座不甘被忽视的道场

忆山中一夜

已过去多年的寒夜,却被

身体上的几处冻伤,牢牢记住

而温暖过我的那一簇簇火苗

依然随心跳,晃动着,忽明

忽暗。注定,一生都徘徊在

无边的风雪中,沿袭着那一夜

饥寒交迫的宿命。像一个绝望的囚徒

沿袭着古老的镣铐。像祖传的哭丧人

沿袭着凄婉的好嗓子。过不去了

那绝望的一夜,一生中多出来的一夜

那面向一堆篝火,背负无垠黑暗的

一夜。余生,我都在承蒙

那篝火,那余温,那灰烬

越来,越厚重的恩典

海边

海边,有人向我兜售首饰、乐器

和摆件。它们是用鱼骨、贝壳

以及珊瑚精制而成……这些来自大海

深处的物件,好看而廉价

在海底深处,会不会也有

一座繁闹的集市,穿梭着诸多

鱼群和贝类,它们会不会也

兜售着沉船、帆布、海盗遗落的首饰

乃至一次次海啸过后,那些罹难者

被鱼群,精心加工过的身体

鸟鸣记

有一次,窗外一嗓子接一嗓子

说不清也数不清的鸟鸣,纷至沓来

好像群鸟对一个凡人,献上了无穷的祝福

还有一次,只听得几声零落的鸟鸣

如同一只无助的鸟,对一个无能的人

发出了求救的哀音。这些年

不知是鸟鸣越来越稀罕,还是

我的听觉越来越迟钝,既没有

收到过一只鸟的祝福,也没有

一只鸟求助于我。仿佛,我落单在

这世上,早已百无一用。我深知

迟早会等来,形而上的一天

——那秃鹫，滚动着喉咙

一声不吭，俯身在我的床前

如探亲，如灭亲

黄昏见

凌乱枝丫上,散落着几只

半死不活的鸟。它们呆呆站着

没有交谈,没有酬唱

像被这孤树施了魔咒

四野荒寂,一群羊

将雪白的头颅,齐刷刷

耷拉在地,一副引颈受戮的样子

看不见牧羊人的身影,只有

鞭声隐隐约约,刑具般

折磨着一只只羊

当暮色如四合的栅栏,围了上来

孤树消失了,羊群消失了

一切不再得见,像一次永久的埋葬

或,一次彻底的放生

昆仑诀

废墟般的群山，怀抱着一面

冰清玉洁的湖水，仿佛饱经风霜的

父亲，抱着女儿。我是颠簸了

千万里，又穿过金黄无垠的戈壁

才来到昆仑的中央

这里，野驴敦厚而藏羚羊安详

仿佛它们从未经受过，人类的追捕

与陷阱，用一双双涉世未深的眼睛

打量着，巍巍昆仑

以及一掠而过的行人

——它们千古如一的模样，引诱着我

再来一次昆仑的决心。也教化着我

俯首在那座远方的雪山之下

我也愿意，像所有的冰川那样

不断消融自己，涓涓滴滴

向远方流淌

租房记

小旅馆，日租房，月租房……

无数个昏暗的房间里，盈荡着种种

不可言说的气息，等待着

下一个疲倦的人，来此酣然入梦

或辗转反侧。而墙角

一群窸窸窣窣的蟑螂，起身

向更加潮湿的地盘迁徙

它们不在意，房间里住着宿醉的

大盗，还是熬药的小姐

仿佛它们才是这儿永恒的主人

一代代蟑螂们，在此无穷尽繁衍

虔诚又认真。这浩瀚的房间

有它们的大道与歧途,也诞生了

它们的神迹、律法、恩典和罪过……

辑十一

我热衷用蓝墨水
画出一颗蔚蓝的心

卖身契

时而聋掉,时而哑掉。

终于把自己活成一个,不停

挑衅自己,又一再安慰自己的人

我对自己,轮番竖着中指、大拇指

我这个心口不一的人啊,早已

为自己,草拟好一份

卖身契。将抱头鼠窜的我,抵押给

杀无赦的我。将失魂落魄的我

典当给,这个摄人心魂的自己

将留恋人间灯火的张二棍,流放到

一片唤作"张常春"的无人区……

我也是蓄积了无数个刍狗

与蚁蝼的前世,才兑换出今生

这形单影只的人形。我嗜酒,抽烟

无聊时,就驭使汉字,在一张张

哈哈镜般的白纸上,做着鬼脸,誊写着

自己的卖身契,以此来偿还

生而为人,却也曾为虎作伥的孽债

失眠

失眠的时候,总能想起那些

不可思议的东西。失眠的时候

万物蜂拥,家国更迭

一个人替谁,没完没了

写讼书、走西口、喝交杯酒

把这索然的一生,过得心惊肉跳

失眠的时候,远亲和近邻都不够用

前世和今生都不够用。一遍遍,你跳出了三界

时而,是倒悬在县衙里的蝙蝠

时而,是古老帝国笼中的困兽

一个人失眠多年,终将变成一只悲苦的精卫

在脑海里,一枚枚投放着

自己沉重的羽毛

遗传

他们抽过的烟土,注定还会有

<u>丝丝</u>缕缕的遗毒,残存在我的体内

无法消散。她们裹过的小脚

依然会给我留下,不忍直视的

畸形,与不能远行的悲伤

他们一遍遍点头哈腰,自称为

奴才与小人,我也在无数场合沿用着

她们以有生之年,煮着无米之炊

而我此生面有菜色,像极了

前世的饿殍,投胎而来。我的先人们

有人夭折,有人为匪,有人不知所踪

而我遗传了,最懦弱的那个

——他不事稼轩,屡试无果

终为,无用的书痴

……诸先人,对不起。我不该一遍遍

历数你们,来释怀自己

我不该以遗传的名义

盗用你们不为人知的一生,来原谅

这个不足为外人道的自己

殆尽

几乎整个童年,我都不得不

活在阴森森的偷窥

与监视之中。我们的老房子

成为,这群好战分子

搏杀的疆场。而漏风的门窗

在这些强盗狭细的眼里,俨然是

可供大摇大摆,出入的平地

连破旧的衣柜都难免,被这些不劳

而获的土匪,常年霸占与征用

成为婚房、粮仓、庙堂……

有一次,我还看见一个小家伙

孤零零坐在门槛上,晃荡着双脚

啃食，母亲藏起来的糖果

——这些毫不见外的家鼠

在所有不可思议的角落里，出没

有时鬼鬼祟祟，有时光明正大

它们一定偷听过我的梦呓，也目睹过

母亲在灯下，惺忪着双眼缝补

旧衣的样子。它们打碎过姐姐的镜子

也私藏了，弟弟的羊骨玩具

……难道，正是这一群小小的

生生不息的家鼠，在冥冥中

参与，也组成了我们的生活

而现在，它们仿佛一群

再也无人豢养的孤儿，追随

无须赡养的母亲

远遁而去，甚至

连一丝丝痕迹，都消失殆尽

新生

在"请勿靠近"的危墙下
它侧卧于一块"欢迎光临"的
广告牌上,那条流浪狗
正袒露着血污的肚腹
一声声喘息、呻吟……
挤出,一条条父系不详的
子嗣们。——这折磨过人类的
分娩之苦,让一位
无名的狗母,陷入无法言说的
疼痛当中。当它大汗淋漓
生产完毕,我在远处也舒了一口气
就让它静卧片刻吧,在那一面

"请勿靠近"的危墙下

在"欢迎光临"的广告牌上

一遍遍舔舐着,它命运未卜的孩子们

归

无数条河流,被苦大仇深的两岸

挟持着,一路风尘仆仆

囚禁到了无垠的大海

——这一座蔚蓝色的监狱

黄河的水逃不脱,长江的水

逃不脱,密西西比河,也无法逃脱

这一条条终生服刑的河流啊

幻化成一朵朵戾气深重的浪花

无休止,彼此鞭挞着、吞噬着、分裂着

再也分不清,哪一滴,淹死过牛羊

哪一滴,曾刺穿过石头

红与黑

猩红的,为新伤。乌黑的,乃沉疴

冲锋陷阵的旗帜,鲜红

严阵以待的枪口,漆黑

欢呼时,喉咙通红

哀悼时,黑衣肃穆

我一直尝试,拒绝这红与黑的世界

所以,我假寐在白纸上

做着一个乳白的梦

所以,我热衷用蓝墨水

画出一颗蔚蓝的心

默

大水漫岸。大水退去。

大水没有冲垮房屋

没有淤平田地

没有带走牛羊

1961 年没有

1980 年没有

最近也没有

甚至，没有大水

没有地震，瘟疫，战乱

这生机勃勃的村庄

这沉默如谜的人们

没有一个祖父厌世

没有一个父亲虚无

在这里，我学会

写春联，编鱼篓，杀鳝

我学会不动声色地

埋葬溺水的亲人。我和所有的水

没有敌意

雪人

终于堆成了一个,与世上所有的雪人

都不一样的雪人。终于让一个雪人

拄着文明杖,打着领结,戴着墨镜

仿佛它很有教养,仿佛它已

经历过人生,拥有家室、儿女,和自己的事业

它坍塌的那一瞬间,我的胸口仍然

绷了一下。但已远远不像

那些常见的,傻瓜般的雪人

更让我揪心……

它坍塌得那么从容,安详

仿佛它觉得,被堆成这样,这辈子就值了

恩光

光,像年轻的母亲一样

曾长久抚养过我们

等我们长大了

光,又替我们,安抚着母亲

光,细细数过

她的每一尾皱纹,每一根白发

这些年,我们漂泊在外

白日里,与人钩心斗角

到夜晚,独自醉生梦死

当我们还不知道,母亲病了的时候

光,已经早早趴在

低矮的窗台上

替我们看护她,照顾她

光,也曾是母亲的母亲啊

现在变成了,比我们孝顺的孩子

雾中

站在这大雾中央

就像被漫无边际的福尔马林

浸泡着。我深知

眼前这座僵直高楼

与身后,那些熙攘人群

都濒临着,消弭无形的危险

更让人恐惧的是,雾气

还在向我,步步紧逼

这一刻,甚至不敢张开

喉咙,生怕那些在我心底

已经有些影绰的故人

与旧交,被灌入身体的雾霾

刹那,剿灭了形神

断路

被你我来回践踏着的那条路

忍着疼痛,逃到了

郊外。它一定是为了躲开

口水、烟蒂、废纸、废话的荼毒

才变得又狭窄,又颠簸

它往自己蜿蜒的身体上,堆积了石块

与落叶,拒绝着车辙和脚印

假如,还有人穷追不舍

它就会跌跌撞撞,奔向悬崖

把自己,从世上

彻底了断

探望

穿过高楼的缝隙,穿过浓荫

又那么巧妙,穿过候车亭的顶棚

最后,落在一个清洁工

微恙的身上。一缕光,不远万里

俯身前来,不是凌驾

更不是驾临,而是一次

老友般,短暂的探望

亲人般,寻常的抚慰

撤退令

该撤退了——

让布谷鸟撤退出春天

请停息了劳作的农夫们,听一听黄鹂

与夜莺,那百无禁忌的鸣叫

让豺狼们撤出荒原,给千里寻亲的

孤儿寡母,一条近路可抄

愿相依为命的他们,躲过天造的饥荒

和人设的羞辱,一家人在灯火璀璨处

喜相逢。让月黑风高的强盗们

退回到月朗星稀的山林,以偿还

一个穷秀才,晴耕雨读的夙愿

让圣人们撤出经卷,以便无数愚人

获得无知无畏的勇气。该撤退了

让无知之我,给无畏之我腾出一隅

彼此相安,互道保重……

辑十二

落日真谦逊啊,
它从不对你我的人间挑三拣四

有间小屋

要秋阳铺开,丝绸般温存

要廊前几竿竹,栉风沐雨

要窗下一丛花,招蜂引蝶

要一个羞涩的女人

煮饭,缝补,唤我二棍

要一个胖胖的丫头

把自己弄得脏兮兮

要她爬到桑树上

看我披着暮色归来

要有间小屋

站在冬天的辽阔里

顶着厚厚的茅草

天青,地白

要扫尽门前雪,洒下半碗米

要把烟囱修得高一点

要一群好客的麻雀

领回一个腊月赶路的穷人

要他暖一暖,再上路

太阳落山了

无山可落时

就落水,落地平线

落棚户区,落垃圾堆

我还见过。它静静落在

火葬场的烟囱后面

落日真谦逊啊

它从不对你我的人间挑三拣四

欢喜心

我太喜欢那些孩子了

他们是如此擅长,用一个个

小游戏,制造出连绵不绝的惊喜

我太喜欢那些简单的游戏

赢了的快乐,输了的也快乐

我太喜欢他们的输赢了

——明明是占领一堆沙子,他们说拥有了城堡

——明明只赢了几枚绿叶,他们说获得了勋章

湖水记

禽鸣近耳,春枝垂肩

而无垠的湖水,恰是无边的道场

漩涡为空,涟漪乃色

潜泳的人,迟迟没有返回堤岸

像被派遣到幽静的大水之中

去寻取无量教义。他的羽绒服

和裤子,叠放在一块洁净的石头上

不动声色,等候着主人

而阳光,灿烂跳跃在衣服的每一道

纹理之上,耐心等候着主人

从凛冽的水中,带回一具

被春水涤荡过的

崭新肉身

一生中的一个夜晚

那夜,我执一支

墨水殆尽的钢笔,反复摩擦着

一张白纸。我至今记得

那沙沙的,沙沙的声音

那笔尖,旁若无人地狂欢

那谢绝了任何语言同行的盛大旅行

那再也无法抵达的邈远,与骄傲

那沙沙的声音,在夜空中,回旋着

直到窗外,曙光涌来,鸟鸣如笛

我猜,是一只知更

它肯定不知道,我已经

度过了自己所有的夜晚

谁也不可能知道，在一夜的

沙沙声中，我已经败光了

他们的一生

愧

无休止的雨水,在窗外

急促落着,如狮吼

而手中香烟,无声燃烧着

正由草木,化为灰烬。茫茫大雾

穿窗而来,淡淡烟气

却夺空而逃。我深知

来势汹汹者,我无法阻挡

去者如斯,我亦无力挽留

在人间虽已多年,我依然

不如,面前这一扇窗户通透

看上去,它单薄而脆弱

却为我们收纳,与阻挡了

这世上,如烟似尘的一切

易容术

涂抹一点儿色彩,让脸庞明亮

或暗淡。再准备好一顶假发

灰白、漆黑、棕黄……都可以

把腰身束紧,成为羸弱的瘦子

也可以给宽松的衣衫中,塞入

一些棉花和报纸,变得臃肿而笨拙

努力像一条老狗,佝偻下来

或者一瘸一拐,蚯蚓般蠕动

然后,装聋作哑,装疯卖傻……

似乎,世上所有的易容术,都只会

让一个人变老,变残缺

变得呆滞、狰狞、百无一用。那么

有没有一种易容术,可以让我们

变得矫健,从容,仿佛重生般

获得生而为人的尊严……

有没有一种易容术,能够

将那个伶仃的乞丐,幻化成

威严的皇帝,将满身腥味的屠夫

涂抹为慈眉善目的高僧。有没有

那样一个易容高手,从凄凄荒草中

站了出来,笑中带泪,说

我明明化成了灰,却为何被你

以一滴眼泪,相认

无题

黄金、青铜、大理石、生铁、石膏……

这世上，充斥着一尊尊

神态各异的雕塑。还有一些雕塑

由木头、泥巴、灰烬，甚至是

幻觉、苦恼、愤怒、绝望……

雕琢而成的。你看，这一尊尊

由骨头与脂肪，细胞和血液堆积而成的

雕塑，又被哪双手揉捏着，推搡着

来到了街头，一天天彼此打量

彼此消磨，直至身形模糊

面孔斑驳。直至，又坍塌成

一堆堆，不可考的尘埃

守株者

所有的兔子

都不见了踪迹

所有的木桩

都烂在泥土里

所有等候的人

终将老死于荒野

所有讲故事的人

都乏味了,不得不

复述古人的愚昧

所有听故事的孩子

都厌倦了,一代代

不得不,听着老掉牙的故事

像守着摇摇欲坠的木头

慢慢睡着了,慢慢长大了

他们去往远方,还是绊倒在

一根根,故事里的朽木上

城池

从雷电交加的山川中,撤回到
篝火摇曳的洞穴,又从浩渺无垠的
荒野里,撤退到遮风避雨的村庄
撤,是祖先们永不停歇的事业
在日复一日的退却中,平原上
有了让人类引以为傲的城池
那里车水马龙,屋宇绵延
灯火如梦,歌舞贯耳。想来
上苍缔造了自然,而人类
创造了城池。我们把所有的梦想
和欲望,都置放于此。一座城
容得下我们肝胆相照,尔虞我诈

纵酒高歌或掩面啜泣，我们在此重生、消弭

患得患失、心如死灰……远远望见城池的人们

纷纷把犁铧、锄头丢在了田地间、庭院里

把井绳扔到井底，把耕牛卖给了屠夫

把祖宗的牌位揣到了包袱里，就扶老携幼

上路了。一座城，就是一张饕餮大口

它吞得下帝王将相的欲望，咽得掉

贩夫走卒的悲欢。它能让风流才子

染上讳莫如深的隐疾，使大家闺秀

白发渐生。城池中，无穷尽的真理、律法

口号，一次次响彻着、指引着我们

而我们，将在一座座无比圆满的城池中

度过漏洞百出的一生

坊间谈

窗外，一排干净的肉体

倒悬着。那些被人类喂养大的畜生

又返回来，喂养我们。我和我的

屠夫朋友，坐在腥气氤氲的肉铺里

谈论着一些莫须有的事。而它们

这些被刀子与沸水，伤害了的

哺乳动物，隔着油腻腻的玻璃

聆听着我们的对话。它们安静、沉稳

一点儿也不忌讳，我们说起

它们的价格、成色，甚至生前事

这些亡而无魂的畜生，冷冰冰挤在一起

根本不理会，这个

不提灵魂，只要肉体的时代

静夜思

等着炊烟,慢慢托起

缄默的星群

有的星星,站得很高

仿佛祖宗的牌位

有一颗,很多年了

守在老地方,像娘

有那么几颗,还没等我看清

就掉在不知名的地方

像乡下那些穷亲戚

没听说怎么病

就不在了。如果你问我

哪一颗像我,我真的

不敢随手指点。小时候

我太过顽劣，伤害了很多

萤火虫。以至于现在

我愧疚于，一切

微细的光

不一定

我看见它的时候

它围着我的住处转来转去

寻找着那些菜叶子，和食物的碎屑

它已经不飞了，很凄凉。它的翅膀

坏了。为了活着，一只鸟不一定

非要飞。我见过很多被伤害过的

狗啊猫啊。都是这样

拖着残躯四处

爬着，蠕动着，忍受着

不一定非要飞，非要走

甚至不一定非要呼吸，心跳

那年冬天，那个流浪汉敞开

黑乎乎的胸膛,让我摸摸他的心

还跳不跳。他说,也不一定

非要摸我的

你也可以,摸摸自己的

一个人的阅兵式

辛苦了,松鼠先生。辛苦了,野猪小姐

辛苦了,俯冲下来的鹰隼和心乱如麻的兔子

辛苦了,彻夜修改谎言的蟋蟀们。辛苦了

在黎明前秘密集结的大雁们。辛苦了猴子

火中取栗的猴子,水中捞月的猴子

辛苦了,尘世间所有的猴子———

在街头卖艺的猴子,和

拴在餐桌边,准备献上脑浆的猴子

辛苦了,琥珀里的昆虫,雕像上的耶稣

辛苦了,我的十万个法身,和我未长出的一片
　　羽毛

辛苦了,十万颗洁净的露珠,和大地尽头

那一片，被污染的愤怒的海

辛苦了，一首诗的结尾

——来不及完成的抒情，以及被用光的批判

辛苦了，读完这首几经修改的诗

稍息，立正

请您解散它！

© 中南博集天卷文化传媒有限公司。本书版权受法律保护。未经权利人许可，任何人不得以任何方式使用本书包括正文、插图、封面、版式等任何部分内容，违者将受到法律制裁。

图书在版编目（CIP）数据

我愿埋首人间：张二棍的诗 / 张二棍著 . -- 长沙：湖南文艺出版社，2025.8. -- ISBN 978-7-5726-2442-1

Ⅰ. I227

中国国家版本馆 CIP 数据核字第 202514UG22 号

上架建议：文学·诗歌

WO YUAN MAISHOU RENJIAN：ZHANG ERGUN DE SHI
我愿埋首人间：张二棍的诗

著　　者：张二棍
出 版 人：陈新文
责任编辑：吕苗莉
出 品 方：好读文化
出 品 人：姚常伟
监　　制：毛闽峰
策划编辑：罗 元　张 翠
特约策划：颜若寒
营销编辑：刘 珣
封面设计：所以设计馆
出　　版：湖南文艺出版社
　　　　　（长沙市雨花区东二环一段 508 号　邮编：410014）
网　　址：www.hnwy.net
印　　刷：北京美图印务有限公司
经　　销：新华书店
开　　本：860 mm × 1200 mm　1/32
字　　数：96 千字
印　　张：9.5
版　　次：2025 年 8 月第 1 版
印　　次：2025 年 8 月第 1 次印刷
书　　号：ISBN 978-7-5726-2442-1
定　　价：58.00 元

若有质量问题，请致电质量监督电话：010-59096394
团购电话：010-59320018